AF332311

ᴤ MEILLEURES ŒUVRES DES AUTEURS RATIONALISTES DES XVIII° & XIX° SIÈCLES. — N° 9. (MAI 1926)

Laurent TAILHADE

o o o

LES DIACONALES

Le Train des Hystériques

Prix : UN FRANC

EDITION DE LA REVUE *L'IDÉE LIBRE*
CONFLANS-HONORINE (SEINE ET OISE)

—

1926

LES MEILLEURES ŒUVRES DES AUTEURS RATIONALISTES
DU XVIIIᵉ ET DU XIXᵉ SIÈCLES

Déjà parus :

1. — MARÉCHAL (Sylvain), *Poésies contre Dieu* (notice de M. Dommanget) .... 1 »
2. — INGERSOLL (R.-G.), *Qu'est-ce que la Religion* ...... 1 »
3. — BLANQUI (Auguste), *Ni Dieu, ni Maître!* (critique matérialiste) avec portrait et notice de M. Dommanget. 1 »
4. — HUGO (Victor), *Le Christ au Vatican ; La Sainte Boutique* (poèmes) .... 1 »
5. — TOLSTOÏ (Léon), *Pourquoi les hommes usent-ils de stupéfiants?* (notice par André Lorulot) 0 75
6. — TAILHADE (Laurent), *Contre les Dieux* (préface de Gérard de LACAZE-DUTHIERS .... 1 »
7. — MARÉCHAL (Sylvain), *Dictionnaire des Athées* .... 1 »
8. — MONTCLAIR (P.) *L'Au Delà ; Enfer et Paradis* 1 »
9. — TAILHADE (Laurent), *Les Diaconales ; Le Train des hystériques* (avec portrait) .... 1 »

A paraître :

10. — PROUDHON (P.-J.), *Le Christianisme et l'Eglise* (préface de Manuel Devaldès) .... 1 »
11. — WEST (Emory S.), *Les Evangélistes n'ont rien inventé* (Histoire comparée des Religions) .... 1 »
12. — COURIER (Paul-Louis), *Le Célibat des Prêtres et la Confession* (préface de Han Ryner) .... 1 »
13. — PROUDHON (P.-J.), *Dieu, c'est le Mal!* (préface de Manuel Devaldès et portrait) .... 1 »

Ajouter 0,15 par brochure, pour recevoir franco.
Hâtez-vous d'envoyer votre abonnement!

Abonnez-vous !

Je soussigné ....

demeurant à ....

rue ....

déclare m'abonner à une série de dix brochures de la Collection " Les Meilleures Œuvres des Auteurs Rationalistes ".

Ci-joint le montant. (HUIT francs. Etranger. 10 fr.)

le ______________________ 19

Signature :

Adresser les commandes et leur montant à André Lorulot, Editions de L'Idée Libre, à Conflans-Honorine (Seine-et-Oise).

Imp. "Idée Libre", Conflans-Honorine (S. et O.)
L'imprimeur-gérant : F. Lecomte

Laurent TAILHADE

LES DIACONALES

Le Train des Hystériques

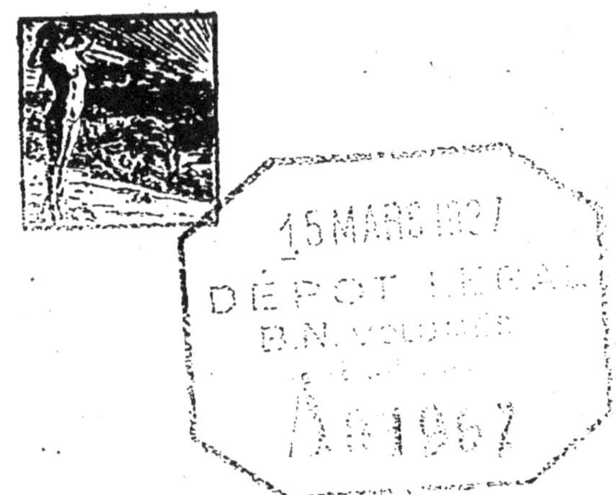

EDITIONS DE "L'IDÉE LIBRE"

CONFLANS-HONORINE (SEINE ET OISE)

1927

Les Diaconales

Si l'ouvrage dont vous allez entendre quelques frag-
ments appartenait au genre de ces écrits plus que liber-
tins, composés en vue d'une clientèle spéciale, bibliophi-
les trop jeunes ou trop vieux, par des entrepreneurs d'immondices, publiés sous la custode, avec l'enseigne de
Priape ou bien de Cottyto ; si nous apportions, ici, les
œuvres de l'Arétin ou du marquis de Sade, le *Portier*
des Chartreux ou les obscénités d'Andréa de Nercia, vous
flétririez d'une juste réprobation un pareil goujatisme et
votre fuite nous punirait d'un si grave manquement.

Le livre que nous allons entr'ouvrir n'a rien de com-
mun avec ces pornographies du ruisseau. Par une singu-
lière déviation de l'entendement, il passe même aux yeux
des catholiques pour un manuel, un *épitomé* de la plus
transcendante morale. Ce livre renferme les questions
que, dans l'ombre des nefs où languit un éternel crépus-
cule, dans une guérite où leurs haleines se confondent,
où leurs lèvres se touchent presque, le confesseur pose
brutalement aux vierges impubères, aux femmes que

leurs stupides époux n'ont pas le cœur d'arracher à cette ignominieuse dégradation.

Le prêtre, solide, trop nourri pour sa fainéantise, débordant de pléthore sanguine, est, la plupart du temps, un rustre que n'a point anémié la dégénérescence bourgeoise.

Il porte, avec une âme de garde-chiourme, des sens de muletier. Valet de charrue, il emploie au maniement des consciences la brutalité sournoise du paysan, le cynisme du fauve, l'hypocrisie du villageois. Il est rudanier, salace, mal odorant. Il parle de l'amour en langage de caserne! Au prurit luxurieux d'un homme qui n'entend payer ses plaisirs qu'en monnaie de singe, qui, n'ayant d'autre labeur que l'escroquerie ou l'imposture, crève d'appétits et de lubricité, la crasse ecclésiastique ajoute encore d'innombrables démangeaisons.

« Ce noir grotesque dont fermentent les souliers », encuirassé d'immondices, aiguillonné par les ordures de sa peau, déverse la puanteur d'une imagination gâtée et malfaisante sur la chair comme dans l'âme des victimes offerte à ses attouchements. Le prêtre catholique, c'est le minotaure à tête de cochon.

Voici donc un livre qui contient l'examen auquel un inconnu a le droit de soumettre la vierge qui sort à peine de l'ombre maternelle ; la femme qui descend du lit nuptial, toute ravie encore des premiers baisers de l'amant et de l'époux. Le directeur de conscience ajuste ses bésicles théologales. Il flaire les linges souillés. Il déguste les eaux de toilette. En latin, non de cuisine, mais de latrines, il pousse les diverses enquêtes dont il est contraint d'affliger ses ouailles. Car le confesseur ne peut, sans prévarication, faillir à ces devoirs que lui impose le sacerdoce. Il doit adresser à la jeune fille, à la nouvelle mariée, à la femme grosse, à l'accouchée d'hier, les questions les plus scabreuses, un interrogatoire que n'oseraient pas, sans d'infinies précautions, la sage-femme elle-même ou les spécialistes de l'hôpital Ricord.

Le restant des *Diaconales*, la somme des autres péchés n'est que pour la figure et l'ornement. Une absolution diligente balaye envie, gourmandise et nonchaloir. Quant à l'avarice, qui promet au clergé de riches donations et d'amples héritages, on la cultive comme il sied. L'orgueil seul, qui ne remet pas l'homme tout entier aux mains rapaces de l'aigrefin tonsuré, l'orgueil seul est puni de quelque blâme. Néanmoins, ce sont les infractions aux septième et neuvième commandements qui assurent le pain des confesseurs, depuis le vicaire de campagne dépeuplant la basse-cour de ses pénitentes, jusqu'au jésuite qui déprède les millions volés aux indigents par le capital assassin, l'armée cambrioleuse et l'Etat fesse-mathieu.

Oui, c'est le geste d'amour qui, plus que tout autre, nourrit dans son oisiveté pernicieuse la clique noire des ensoutanés. Pourquoi ? le prêtre rusé en sait bien les motifs. Ils sont tout entiers dans le mot de Virchow cité par Haeckel, ce mot que je vous demande la permission, mesdames, de ne traduire point: *Omnis mulier in utero.* C'est au plus profond de l'être, dans le jardin fermé de sa vie sexuelle, que le prêtre obsède sa victime, qu'il débauche sa proie. Les troubles de « l'enfant malade et douze fois impure », ses ardeurs et ses défaillances, la crédulité de son intellect, l'éveil de ses organes, il n'en ignore aucune chose.

« Beauté blessée! Beauté fragile! » Que ne peut sur elle cet homme sans épouse ni enfants, cet homme exempt de toutes les charges sociales, qui ouvre la porte du mystère, qui prête aux joies de l'alcove la saveur aiguë et délicieuse du péché ? Mais le mari que devient-il pendant ces heures de la confession, tandis qu'un célibataire impudique force à de louches aveux celle qu'il aime, qu'il a le droit de défendre et l'obligation de nourrir ? Je l'ima-

gine volontiers pensif et mécontent, dans la maison dé-
serte, pendant que la femme agenouillée raconte les ca-
resses conjugales du maître de sa chair. Le mari a le
corps, la guenille périssable mais le prêtre, seul, règne
sur la volonté. Que l'homme travaille, que son labeur en-
tretienne la femme, élève les enfants, prélévation faite,
bien entendu — et quelle prélévation ! — des impôts
ecclésiastiques: messes, quêtes, bonnes œuvres, sans
compter l'anse du panier que font danser, avec tant de
maîtrise, les souteneurs en jupon noir. Le mari ne s'as-
socie pas à la femme catholique ; il n'est pas l'initiateur
de sa pensée, et quand il prend possession de l'être indé-
cis encore dont il a promis le bonheur, l'acte sacré qui le
lui donne assure la matérialité d'un viol. Car, à l'inverse
du Moyen Age, dit Michelet, c'est à présent le laïque,
c'est le mondain qui est l'homme mortifié. « Ce mondain, plein de soucis, travaille tout le jour, la nuit, pour
la famille et pour l'état. Engagé souvent dans une spé-
cialité d'affaires ou d'études trop épineuses pour que la
femme et les enfants s'y intéressent, il ne peut leur com-
muniquer ce qui remplit son esprit. A l'heure même du
repos, il parle peu, il suit son idée. Le succès dans les
affaires, l'invention dans la science s'obtiennent à haut
prix ; au prix que dit Newton : *En y pensant toujours...*
Solitaire parmi les siens, il risque, lui qui fait leur gloire
ou leur fortune, de leur devenir étranger.

« L'homme d'église, au contraire, qui aujourd'hui, à
en juger par ce qu'il publie, étudie peu, n'invente rien,
qui, d'autre part, ne se fait plus à lui-même cette guerre
de mortifications que s'imposait le Moyen Age, il peut,
frais et reposé, suivre à la fois deux affaires. Par son assi-
duité, par ses paroles doucereuses, il gagne la famille de
cet homme trop occupé, et cependant, du haut de la
chaire, il accable les mondains des foudres de son élo-
quence. »

Jeunes filles, jeunes femmes, c'est à vous que nous parlons ! Si les mots qu'il nous faut employer, dans ce cours de pathologie sociale, offusquent vos pudeurs, si nous abjurons pour un instant les formes d'un honnête discours, veuillez nous accorder la liberté du clinicien qui, pour exposer les tares de l'homme physique, a droit de ne point ménager ses expressions. C'est plus haut que tendent nos efforts. Il est grand, certes, de chasser le typhus et la tuberculose. Mais le microbe de l'obscurantisme, le bacille de la turpitude chrétienne, celui de nous qui en fera l'autopsie pourra revendiquer la première place entre les bienfaiteurs de l'humanité.

Jeunes filles, c'est à vous que nous parlons ! Vous êtes affranchies puisque vous assistez à cet entretien ; mais vous êtes exposées à donner votre main à des radicaux, à des socialistes, à des pleutres ambitieux qui, pour obtenir une chaire ou baffrer les turbots du social Lucullus, pour faire révérence à Nicolas II et promouvoir leurs compagnes à la charge de dame d'honneur chez la grosse mère Loubet, vous enverront à confesse, vous imposeront un directeur bien vu de l'Elysée.

Jeunes filles, qui, demain, serez appelées à l'honneur sans égal de perpétuer l'humanité, au nom de vos amours adolescentes, au nom de cette ivresse qui, renouant la chaîne des êtres, assure la continuité de nos entreprises, au nom de ce flambeau, de cette lumière impérissable que vous léguerez à ceux qui naîtront de vous, comme vous les reçûtes de vos mères, écoutez nos paroles de ce soir ! C'est pour l'homme que vous aimez aujourd'hui, c'est pour l'enfant que vous créerez demain, que nous vous implorons. Acceptez sans plaintes, sans regrets, sans pudeur inopportune, soumettez-vous à l'indispensable chirurgie. Le cancer implacable, l'ulcère ignominieux du christianisme, nous en fûmes tous plus ou moins contaminés. Dans la pleine fleur de votre jeunesse et de votre beauté, souffrez que ceux qui, déjà, vous aiment avec le pur désintéressement des ancêtres, coupent dans le vif et ne négligent rien pour vous guérir à jamais.

Mesdames, chers camarades, je n'ai pas à vous présenter Victor Charbonnel. Votre affectueuse admiration l'a déjà placé entre les plus fermes soutiens du rationalisme et de l'esprit scientifique. En lui, vous appréciez le talent de l'écrivain, la verve inépuisable du conférencier. Libre penseur et révolutionnaire, il porte devant vous ces torches qu'Athènes allumait à l'autel de Prométhée et qui, transmises de génération en génération, éclairent cette route, chaque jour moins obscure, qui conduit le genre humain vers la cité de la justice, de la raison et du bonheur.

Enlevé par sa propre volonté à la profession de diriger les femmes, Charbonnel a quitté l'ombre scélérate de l'Eglise, il a dépouillé le costume grotesque et magnifique du prêtre, jetant pêle-mêle chasubles d'or et principes surannés, dogmes abêtissants et parures archaïques.

Recevons-le comme Julien à son retour de Nicomédie, comme Luther au lendemain de la diète de Worms et, pour saluer d'un titre qui lui convienne ce héros de la libre pensée, disons de lui, avec plus de raison peut-être, ce que Shakespeare disait de Jules César : « C'est un homme en tout. »

Guidés par sa forte main, descendons les égoûts de l'enfer clérical. Outre ce guide irréprochable, une étoile nous conduit : elle ne trompe jamais les voyageurs qui, sur elle, ordonnent leurs pas ; car cette étoile que n'ont pu obscurcir deux mille ans de honte chrétienne, porte les plus beaux noms qui aient enflammé l'enthousiasme dans les poitrines des hommes ; car cette étoile, c'est la raison et c'est la vérité.

⁂

Les ignominies que vous venez d'entendre et qui ne
sont pas les plus révoltantes de ces infâmes *Diaconales*,
forment un réquisitoire sans pareil contre la religion que
blasonne le nom du pendu juif. Voilà donc, après Galilée,
après Newton, après Voltaire, après le réveil de Quatre-
vingt-treize, après Darwin, après Niehbür, après Renan,
l'étiage de la mentalité chrétienne ! Strupres sacrés, dé-
votes âneries, le gynécée ouvert à l'ennemi, la femme
apportant aux antagonistes de la civilisation la conscience
des races à venir !

Les saints des honnêtes gens, ce sont les héros, les sa-
vants, les poètes, les tueurs de rois et les inventeurs
d'Amérique. Les saints des christicoles, ce sont les
truies chères à M. Huysmans, après Montalembert, qui
boivent leur urine, comme Elisabeth de Hongrie, ou lè-
chent le vomissement des fiévreux à la façon de Marie
Alacoque. Tels sont, en résumé, les grands exemples, les
vertus civiques et les fortes actions que le catholicisme
propose à ses adhérents ! Les gens du xxᵉ siècle, après la
démonstration faite de l'authenticité de la Bible, croient
encore à la révélation divine de ces livres incohérents
et maugracieux. Pascal donnait, il y a deux cents ans.
comme preuve de la divinité du Christ, la pauvreté des
juifs. Le père Dulac atteste encore les livres de Moïse,
bien qu'il sache à n'en pas douter que l'heptateuque est
contemporain des Macchabées, sottement imité d'ailleurs
des bibles assyriennes. Les travaux de linguistique, de my-
thologie comparée, les recherches de Burnouf, de Max
Muller, de Graëtz n'existent pas pour ces gens-là. Impos-
teurs acharnés à l'exploitation de l'ignorance, ils entretiennent leurs dupes dans une abjection intellectuelle que
ne dépassent en aucune manière les nègres les plus aban-
donnés. Tous les clergés se ressemblent. L'archevêque de
Paris ne le cède en rien au sorcier des Canaques, de
l'Abipone ou du Zoulou. Schopenhauer disait: « Le mé-
decin voit l'homme dans toute sa faiblesse, le juriste

dans toute sa méchanceté, le théologien dans toute sa bêtise. » Or, la stupidité religieuse, la théologale bêtise des peuples civilisés n'est pas moindre que celle des derniers échantillons de la race humaine. En quoi l'idole Mama Jumbo diffère-t-elle du Sacré-Cœur ? En quoi la Vierge de Lourdes est-elle supérieure à l'Hator égyptienne, à l'Istar de Babylone, aux déesses innombrables de la génération ou du ciel étoilé ? Comme la vache de Saïs, elle porte dans ses bras un rédempteur sidéral et, de même qu'Isis, elle pourrait dire : « Le dieu que j'ai enfanté, c'est le Soleil. »

A vrai dire, toute religion se compose de trois éléments essentiels, dont le dernier finit toujours par l'emporter sur les deux autres : la métaphysique, la morale et l'idolâtrie.

Pour ceux qui connaissent la culture philosophique des chrétiens d'à présent, il est inutile, je suppose, d'insister sur leur incompétence en matière de spéculations métaphysiques. Les dogmes où Byzance codifia son radotage néoplatonicien, les rêveries à propos des nombres qui aboutissent à la Trinité, les sottises sur la consubstantialité du Fils et du Père, les chicanes sur la grâce efficace et la grâce efficiente ne préoccupent guère les dévots de ces temps-ci. Pour discuter, même de pareilles sornettes, il faut un enchaînement, une ascèse préalable de quoi les jésuites gardent leurs disciples avec une prudente circonspection.

Quant à la morale chrétienne, vous le savez, messieurs, elle a fourni, depuis quelques années, Flamidien, le nationalisme, la mère et le fils Monnier, les officiers bas ou supérieurs qui navrent, martyrisent les pauvres gars soumis à leur férocité, quand ils ne dévalisent pas la Chine tout entière, à la façon de Schinderhannes, de Fleur d'épine ou de Mandrin.

Reste donc le fétichisme. Celui-là grandit opiniâtrement. Après le lait de la Vierge et la chemise sans couture de Jésus, après le Sacré-Cœur, lingam paré d'un nom moins érotique, les jours sont arrivés où les tirelaines voués à saint Antoine de Padoue exercent, en pleine lumière, leurs banques et leurs rapines, sous l'œil tutélaire de la Défense républicaine.

Mais revenons aux *Diaconales*.

Le principe de la confession auriculaire, c'est l'*antiphysis* du moyen âge, le mépris de la femme ; c'est la haine que porte à la vie une religion de ténèbres et de morts. Nicolas de Damas appelait gracieusement la femme « un vase d'impureté ». Un concile s'est demandé si elle avait une âme. Les hagiographes disent des saints non pas « ils moururent ce jour-là », mais : « ils commencèrent à vivre », tant le christianisme a pour idéal de briser tout généreux effort, toute amélioration des peuples ou de l'individu. Haïr la vie, c'est exécrer la génération. Maupassant, dans une excellente nouvelle, conte l'histoire d'un curé, brutal et pieux, qui assomma à coups de botte une chienne en gésine que des enfants contemplent avec une respectueuse curiosité. Enfin, à ces horreurs il convient d'ajouter une horreur plus sinistre encore, la jalousie du prêtre pour l'homme, le mari, l'amant, le générateur. Dans tout ordre de faits, c'est l'eunuque, l'impuissant qui donne des lois au mâle. C'est le grammairien qui régente le poète et le confesseur, qui usurpe les fonctions de palefrenier, si bien que la femme, être d'action, endure l'influence du prêtre abstème ou soi-disant

Dans les premiers siècles de l'ère chrétienne, la confession publique devait porter, avant tout, sur les infractions aux règlements de la communauté. Mais, sitôt que le clergé prit la direction morale de la société, la confession devint secrète. Au début, et dans l'Eglise grecque, on aborde le premier prêtre venu qui traverse la basilique. On se confesse debout, en un instant. Le christianisme latin ne tarda pas à compliquer cette chose trop unie. Confidences, prières, formules d'absolution et la guérite où la femme est séparée du monde aux bras de l'homme noir, il pimenta d'ignobles séductions, la bêtise de la coulpe, il organisa le sacrement en espionnage. Néanmoins, au début, la confession reste barbare et sans nulle psychologie. Ni le prêtre, ni la pénitente ne creusent bien avant leur étude ignorante de l'âme. Au xvie siècle, les jésuites entrent en scène et le mal, chaque jour, grandit sous leurs efforts. Ils ont cette politique scélérate de tenir la femme par l'aveu des choses humiliantes, des détails répulsifs. Leur esprit de mécanique et de police établit une hiérarchie, une classification de l'erreur, précisant le degré d'importance et cataloguant les péchés. C'est le contraire de l'idée stoïcienne reprise par saint Augustin et Jansénius, à savoir que toutes les fautes sont égales, principe qu'il faut entendre en ce sens que l'être moral est ou n'est pas en rapport avec le destin. A l'inverse, le jésuite dose au compte-goutte l'immoralité, pèse avec des balances d'apothicaire les manquements de l'Impératif. De nos jours ils s'acharnent encore à leurs catalogues orduriers ; car les éditions des *Diaconales* se renouvellent tous les ans. La première du xxe siècle ne renferme pas une malpropreté de moins que les précédentes. L'examen de conscience inventé par Sénèque est, ici, dénaturé jusqu'à la folie. Bouvard et Pécuchet, suivant en imagination les nourritures qu'ils digèrent, que sont-ils au regard des catholiques se livrant à la mensuration de leurs organes, à l'endiguement de leurs sécrétions ?

Il faut suspendre un voyage trop long dans la bêtise et dans l'horreur. Les « hommes obscurs » de Hutten, les « papimanes » de Rabelais, les « apédeutes » de Voltaire n'ont pas renoncé à convertir le monde, à planter en tout l'univers le pennon de l'imbécillité. Favorisés par l'intrigue politique et par les craintes du riche qui tremble de se voir dépossédé, au jour de la révolution sociale, ils mènent leur croisade souterraine contre l'émancipation de l'esprit et la juste répartition de la fortune publique. Ils ont pour eux les bandits de toute sorte, mouchards, officiers, magistrats, sans compter Barrès, Lemaître et, généralement, les tenanciers de mauvais lieux. Ils ont pu, contre l'évidence, la loi et la pudeur, faire condamner le malheureux Dreyfus qui, sans Picquart, sans Zola, sans les défenseurs obscurs qui se sont voués à sa cause, périssait à l'île du Diable et qui n'a pu être sauvé que par une phalange de héros.

Mais c'est à nous, maçons, mes frères, de combattre pied à pied l'invasion de l'obscurantisme. Ne permettons pas qu'on nous berne avec de fausses idées de tolérance ou de douceur. Combattons l'ennemi dans sa position la plus dangereuse, au foyer domestique. Refusez au prêtre votre femme et vos enfants. Ne vous laissez pas séduire aux colifichets parasidiaques des jeunes communiantes. Fermez l'oreille même aux douces récriminations d'une vieille mère tendrement aimée. Il le faut. C'est de votre descendance, c'est de la pensée humaine qu'il s'agit. Ce cordon maçonnique décrié par tant de calomniateurs abjects, effroi des bigotes et risée des crétins, ornez-en vos poitrines. Opposez-le comme un symbole de raison à la folle mascarade, au travestissement honteux du prêtre. Ainsi, vous préparerez à vos enfants une terre meilleure. Ainsi, dans le nouveau printemps d'un siècle rajeuni, votre lignée, exempte de servitude et guérie du mal divin, cueillera cette branche verte d'acacia, figure des renaissances perpétuelles du soleil et de l'humanité, fleur odorante du primevère qui s'épanouit sur la tombe du juste, du juste frappé à mort pour n'avoir pas trahi le bon droit et l'équité. Que l'exemple d'Adoniram nous enseigne ! Défendons, même au prix de notre sang, contre les ouvriers félons, cette demeure fraternelle de justice et de vérité dont la Révolution française a jeté les bases indestructibles, afin que, n'ayant d'autre culte que l'amour, la logique et la beauté, les races qui naîtront de nous goûtent ces fruits bénis de la concorde harmonieuse, de la douceur et de la paix.

(30 messidor an 109.)

Le Train
des Hystériques

Les belles manières que ma concierge appelle *smart*
et le peintre d'en face *to-to*, les belles manières que professent noblement les youtres du *Gaulois*, depuis Arthur
Meyer jusqu'à ce petit drôle de Picard, font un devoir aux
personnes élégantes de promener leur sagouinisme et
leur incapacité le long des plages d'août. C'est le mois
des grandes semaines. La Manche, l'Océan, la mer du
Nord, comme le flot de Théramène, devant la hideur
multiforme du bourgeois, reculent épouvantés. L'inex-
primable délice de payer quinze francs un os de côtelette
agglomère, sur quelque sable illustre, les juifs néo-chré-
tiens, les patriotes sexagénaires, les vicomtes du Borda et
celles qui les entretiennent, les duchesses dont la vente
du porc salé armoria le blason. En attendant qu'un nouveau bazar de la Charité nous donne le contentement de
les voir cuire, les maquereaux de l'Œillet blanc récon-
fortent leurs gigolettes héraldiques par toutes sortes de
plaisirs à la hauteur de l'intellectualité bien pensante :
garden-partys, courses, etc. La baronne Lejeune emporte
son lapin noir et Mme de Martel ses poissons bleus. Le
vieil ami de la comtesse de Loisne, dans le flot azuré de
la plaine liquide, barbote et se rappelle vaguement les
heures d'antan, — lorsque ses nageoires n'étaient pas
tricolores. Une pouillerie en émouvants complets, en

transcendantes jupes, contamine la robe verte des campagnes, le manteau doré des sables maritimes, effarouchant la mouette sur la vague, les gypaètes sur le glacier.

Edmond Blanc, (nul n'ignore que ce pseudonyme cache la personnalité gracieuse du juif allemand E. Weiss), Edmond Blanc, le grand patriote pour qui les frères Simond portent la boîte à crottin, jetant l'or filouté par son père magnanime, l'or de Monte-Carlo, gras de la cervelle et du sang des suicidés, Edmond Blanc promène sa désinvolture parmi les croupiers — *arcades ambo* — dont les cagnottes pondent, aux beaux jours, leurs œufs d'or entre Luchon et Biarritz. Jean Lorrain déploie, à Bagnères, le trésor des dessous qu'à son intention préparent les bandagistes et, de Tarbes à Montrejeau, met sur les dents la nubilité des étalons.

La brume descend, la marée monte: voici demain, l'équinoxe de septembre. Le soleil mourant convie à sa dernière fête la horde tout entière des mufles bien rentés.

✳

Mais, parmi les casinos, il n'en est pas de plus notoires, de plus florissants, de plus épanouis que les rendez-vous à pèlerins.

Avec le retour des huîtres, celui des cucupiètres emplit de faguenas et de pieux mugissements les fourgons dévolus à leur transport. Cela braille des oraisons, baffre de la charcuterie et sent mauvais des pieds. Luisants de chaud, de vinasse et de gras fondu, curés, vicaires, tous les « noirs grotesques » empilent et contiennent, dans leurs cages respectives, la troupe suante des fidèles. Une odeur monte de vomissure et de chair non aiguayées: c'est le train des bestiaux qui passe, en exode vers l'imbécillité.

De tous les dépotoirs à miracles où cent dix ans après la Révolution française, s'exerce la filouterie cléricale avec l'assentiment de la Défense républicaine, Lourdes est présentement un des mieux appointés. La Vierge y fait plus de galette que Liane de Pougy, grâce à l'idée ingénieuse qu'eut, vers 1850, la femme d'un chocolatier, surprise en conversation galante, de se faire passer, auprès d'une bergère idiote, pour la « Reine des Cieux ». Cela, d'abord, prit assez lentement. Depuis longtemps, la canaille prêtre cherchait, dans le Sud-Ouest pyrénéen, quelque lieu d'accès facile où mettre en coupe réglée l'abrutissement qu'elle propage. A deux pas de Lourdes, sur le gave de Pau, dans un site de fraîcheur et de lumière, l'apparition de Bétharram avait fait long feu. La madone y guérit seulement des infirmités locales, assez peu rémunératrices. Le porte-soutane aborigène suffit à percevoir les fruits de cette piètre, de cette mince escroquerie.

Plus haut, sur la route de Gavarnie, par un chemin abrupt et des pentes malaisées, la Vierge de Héas borne ses miracles aux Aragonais pouilleux, venus là par le cirque de Troumouse. Ce sont, avec les goîtreux des hautes vallées — paradigmes du chrétien et du crétin — la seule clientèle de ce temple insuffisamment achalandé.

Il appartenait donc à la troisième République de donner l'essor aux aigrefins de Lourdes. Le « sanctuaire », lancé comme un chocolat Menier quelconque, obtint le même genre de succès. Tandis que les faux mendiants, les quêteurs à domicile pour le soulagement d'infortunes imaginaires, expient, sur la paille de Fresnes ou de Clairvaux leurs opérations industrieuses, les Pères de la Grotte flibustent bon an, mal an, une centaine de mill.

lions, à débiter de l'eau claire et de la cire incombus-
tible. Les grandes compagnies, dont ils augmentent les
bénéfices, leur offrent, enthousiastes, des wagons à prix
réduits. Des médecins de jésuitières, plus vils s'il se
peut que les prêtres eux-mêmes, rebut de l'école et honte
de l'humanité, font foi « des miracles », donnent aux
faussaires l'appui de leur mensonge diplômé. Ces gredins,
dont tous les crachats du monde ne sauraient laver la
face ignominieuse, engraissent à l'ombre de l'église,
pourceaux bénis, gavés de l'ordure catholique. Et la police, l'Etat, les ministres laissent faire, encourageant
même le monstrueux déploiement, l'insurrection de la
bêtise. Abrutir pour régner. Non moins que Broglie ou
que Fourtou, la Défense républicaine approuve et se-
conde le geste clérical: nul ne sauvegarde plus efficace-
ment la pécune de Turcaret. Le prêtre injecte la sottise,
atrophie l'entendement et paralyse l'instinct sacré de la
révolte. C'est un valet de tout premier ordre au service
du capital, qu'il rançonne, mais défend.

⁂

Le train du « pelerinage national » — oh ! national
comme le « vœu » du Sacré-Cœur, comme l'Italien Mas-
similiano Régis et comme Charles Maurras, le séparatiste-
à-l'oreille-cancéreuse — file vers le rocher de Mme Pail-
hasson.

Il est parti « avec les femmes du monde » qui, pour
« cette grande semaine (!) se sont constituées infirmiè-
res, et les jeunes gens, élèves ou anciens élèves des bons
frères, en costume de voyage d'une coupe impeccable »,

dit, sérieux comme un âne qu'on étrille, le reporter d'un grand journal, manifestement attendri par les reculs et les chemises « impeccables » de ces jolis messieurs.

Aimables et pieux éphèbes, ils ne chômeront guère pendant la traversée, entre les silhouettes élégantes des femmes du monde et le priape robuste des vicaires libidineux. Roméos du côté face, Juliettes du côté pile, ce n'est pas sans essoine qu'ils gagneront leurs pardons et que, même avec le secours de la grâce, ils fourniront à leur double clientèle de suaves ou moroses délectations.

On regrette, dans le « train blanc », l'absence de Barrès, dont les dents fistuleuses et la purulente mâchoire gagneraient fort à être « miraculées » ; de Coppée, ingénu catéchumène dont le geste serait, si je l'ose dire, capable de réjouir les séraphins, offrant à la Reine des vierges, à la Rose mystique, au Lys de Sárons, à la Demeure de David, avec leurs stigmates incurables, ses « vaches à lait » d'autrefois, presque aussi juteuses que les écrouelles de Quesnay.

.˙.

Depuis le temps où le christianisme, en haine de toute civilisation, fit choir de son trône le colosse romain, dès longtemps vermoulu par la pourriture asiatique; puis, s'imposant aux barbares, les hébéta de sa philosophie niaisement abstruse et de son despotisme féroce, les temps se sont accomplis ; la bêtise est devenue la reine du monde.

Autrefois, la religion du supplicié israélite comprenait une métaphysique, une morale et une idolâtrie.

La métaphysique, poussée au dernier degré de la folie déraisonnable, par de laborieux imbéciles, comme Thomas d'Aquin, est devenue à peu près lettre morte, même pour ceux qui la professent, battue, d'ailleurs, en brèche et ruinée par tous les penseurs qui, depuis des siècles, tentent de guérir l'humanité de la lèpre chrétienne.

La morale est celle de Flamidien, des nonnes du Bon Pasteur, de feu Wervoort, de l'abbé Santol, de Coppée et des nationalistes. Mieux vaut ne pas insister sur ce sujet scabreux.

Mais l'idolâtrie reste intacte, s'agrandit chaque jour. Les jésuites, au xvii° siècle, ont inventé le Sacré-Cœur, Lourdes fait à présent une sainte concurrence à Paray-le-Monial. Qu'inventeront-ils demain et ne vont-ils pas obliger les fidèles à vénérer l'excrément d'un quelconque bon Dieu ?

Le 8 septembre dernier, jour de la **Nativité Notre-Dame**, dans la *tranvia* de Pasajes à Oyarzun, je vis un coquillard retour de Compostelle. Vieux, hébété, les yeux jamboniques, il portait sur sa pèlerine crasseuse les pétoncles traditionnels : de bonnes femmes se signaient, baisaient leur pouce et lui donnaient quelque piécette. C'était un pèlerin modèle, un vrai qui, le bourdon à la main, avait fait sa route. Et, pour franchement dire, il ne me sembla pas autrement dégradé que les idiots de tout poil, ingénieurs, avocats, hystériques, badauds ou philistins, qui vont à Lourdes solliciter la rémission de leur gravelle ou bien le succès de leurs entreprises sur la bourse d'autrui.

(23 août 1901.)